MARIE MANCINI,

NIÉCE

DU CARDINAL MAZARIN,

A L**** XIV.

HEROÏDE,

Par *Mademoiselle de* BLEREAU.

Et autres Piéces du même Auteur.

A BROUAGE,

Et se trouve

A AVIGNON.

M. DCC. LXII.

AVERTISSEMENT
DE L'EDITEUR.

UN de mes amis de Paris vint chez moi il y a quelque temps, & me donna une copie de cette Héroïde, qu'il me dit être de Mademoiſelle de Blereau. Je n'oſe en aſſurer le Lecteur ; mais, dans la confiance où je ſuis qu'elle pourroit lui plaire, j'ai oſé la faire imprimer. Si elle parvient à Paris, je prie les Cenſeurs de ne point relever avec aigreur les fautes qui peuvent ſe trouver dans cette Piéce. L'inexpérience eſt la compagne de la Jeuneſſe, & ce n'eſt qu'en l'encoura-geant, qu'on tire parti de ſes talens.

PREFACE DE L'AUTEUR.

TOUT homme connoît ces mots fubli-
mes : *Vous êtes Roi, vous m'aimez, vous pleurez,
& je pars.* Cette phrafe, dont l'énergie n'é-
tonne pas moins que la précifion, eft le fondement fur lequel eft appuyée l'Héroïde
qu'on expofe aux yeux du Public. On ofe fe
flatter que le caractere eft neuf, & le fujet
important. Ce n'eft point une femme alterée
de plaifir, qui ne mefure le mérite de fon
amant qu'au degré de volupté qu'il lui pro-
cure, & qui meurt de regret de ce qu'avec
la figure d'homme il n'en a pas confervé les
heureufes prérogatives. Ce n'eft point une
Didon moderne, qui veut enlever fon cher
Enée à la gloire, & qui ne peut concevoir
qu'une ame bien née préfere les plaifirs meur-
triers de la guerre, aux plaifirs fi doux, fi paifibles de l'amour. Ce n'eft point une fœur
paffionnée pour fon frere, qui ofe lui demander avec des cris de fureur, & même lui
ravir des plaifirs dont le feul foupçon outrage

PREFACE.

la nature. Si l'Amour ici fait entendre fa voix, fes paroles font toujours diﬀées par la raifon, & avouées par la fageffe. C'eﬂ une fille jeune, aimable, éprife d'amour pour un Roi jeune, aimable. La Politique, ou plûtôt l'Envie s'oppofe à leur union. Le Monarque maîtrifé par le Sujet & viﬀime des préjugés, confent à laiffer paffer fon Amante dans les bras d'un autre ; quelle foibleffe ! Quels droits a Mancini de lui reprocher fa lâcheté ! Tantôt elle lui retrace le deshonneur qui fappe le fondement du Trône fur lequel il eﬂ affis ; tantôt elle le ranime par la peinture des plaifirs qu'il a goutés dans fon fein : quelquefois elle l'épouvante par le tableau fanglant d'une mort future, dont lui feul fera l'auteur. Mais fes fentimens, quelqu'impétueux qu'ils foient, ne choquent jamais les Loix établies par la décence; fes fautes font des foibleffes, & non pas des forfaits.

Les Faﬂes de Louis XIV. préfentoient à mon efprit plufieurs Efquiffes. Les noms fameux de la V.... de M.... dont le fouvenir vit encore parmi nous, fembloient devoir

A iij

PREFACE.

décider mes foins ; mais, pour des raifons
inutiles à déduire, je n'ai ofé me hafarder
fur aucun de ces fujets. Le caractere altier
& vertueux de Mancini rempliffoit bien
mieux mes vûes. La feule imagination n'a
point tracé l'ame fiere de la Niece de Mazarin, la vérité a conduit mes pinceaux. Plufieurs Hiftoriens, & entr'autres M. de la
Beaumelle, difent qu'elle aimoit beaucoup
Louis, & beaucoup plus encore fa gloire. Je
n'ai fait que fuivre leurs opinions fur plufieurs
autres faits répandus dans le cours de cette
Héroïde, mais tout genre d'excufes eft ici
fuperflu ; il ne m'appartient pas de prévenir
les jugemens du Public, il me fuffit de les
attendre.

MARIE MANCINI,

NIÉCE

DU CARDINAL MAZARIN,

*A L**** XIV.*

HEROÏDE.

QUoi, de la Nuit, trois fois, la lugubre Courriere,
A, fur fon Char de Deuil, parcouru l'Hémifphere !
Et trois fois le Soleil par les Heures traîné,
Revêtu de Rayons, & de Feux couronné,
A, d'un pas de Géant, franchi fa Courfe immenfe,
Et tout, pour Mancini, languit dans le filence !
Et ta voix, cher LOUIS, n'a point frappé mes fens !
Mes yeux ne t'ont point vû, prodigue de fermens,
Les fceller mille fois de ta bouche brûlante !
Comme en ces jours heureux, où ton ardeur naiffante
Me furprenant encor dans les bras du Sommeil,
Hâtoit, par fes baifers, l'inftant de mon réveil !

[8]

Que dis tu ; Mancini ! quelle eſt ton injuſtice !
Peux-tu donc exiger un pareil ſacrifice !
L o u i s eſt ton Amant, . . . mais avant il eſt Roi !
Doit-il tout au plaiſir . . . & plus encore à toi,
Du Bandeau de l’Amour ſurmonter ſa Couronne ;
Et cacher, ſous ſes Fleurs, les dégrés de ſon Trône !
Peut-être il le devroit, . . . & même quand l’Amour,
Par de tendres liens, m’enchaîna dans ſa Cour,
Il pût bien (*), abjurant la Majeſté ſuprême,
Oublier, dans mes bras, le poids du Diadême :
Il pût, loin des écueils qui couvrent la Grandeur,
Au milieu des Plaiſirs, ſurprendre le Bonheur !
Il eſt vrai ; . . . . mais alors L o u i s étoit fidelle !
Ne l’es-tu plus, grands Dieux ! je doute. . . je chancelle. .
Ton ſilence profond augmente mes terreurs . . .
Le parjure L o u i s a comblé mes malheurs !
Il faudra le haïr . . . non . . . mon cœur qui l’adore ;
M’atteſte, par ſes feux, que L o u i s m’aime encore !

   Vois, cher Amant, connois l’excès de mon ardeur.
C’eſt peu de t’excuſer, je t’aime avec fureur !
Je t’idolâtre ! . . . Hélas, ſi la moindre étincelle
Du feu dont le torrent dans mes veines ruiſſelle,

   (*) Le Cardinal Mazarin étoit d’abord charmé de l’atta-
chement de Louis pour ſa Niéce. Ils paſſoient les journées
enſemble à lire des Romans, diſoit on, à la Reine-Mere ;
mais ces lectures étoient dangereuſes, & le rapport de Ma
dame de Beauvais, qui les ſurprit réaliſant une attitude de
ces Romans, acheva de convaincre la Reine Mere du péril
qu’elle encourroit à les laiſſer ſe communiquer leurs ré-
flexions.

S'allumoit dans ce cœur fi froid , fi moderé !
Ah ! que bientôt L o u i s , par l'Amour infpiré ;
D'une Mere bravant la tendreffe impuiffante ,
Echapperoit au frein que fa main careffante
Impofa fi longtems à fa crédulité !
Que bientôt, dans mes bras , cherchant la Volupté ,
Il fouleroit aux pieds l'orgueil d'une Couronne,
Qu'en tout tems l'Infortune & la Foudre environne ;
Plus content, plus heureux de regner fur mon cœur,
Que fur un Monde entier qu'habite le Malheur.
   Mais, hélas, où m'égare une aveugle tendreffe !
Eft-ce bien à L o u i s que ce difcours s'adreffe ?...
Ah ! c'eft à ce L o u i s , fantôme couronné,
Sous les Loix d'un Sujet à fervir condamné ;
A l'ombre de L o u i s , que fon fuperbe Maire
Revêtira bientôt & de cendre & de haire !
Et c'eft-là cet Amant qui faifoit mon orgueil !
C'eft là ce Maître altier ! Un mot, un feul coup d'œil
Subjuguant fa puiffance, impofe à fa colere !
   Sa Mere (au rang des Rois que peut être une Mere !)
Sa Mere, de fon Trône ufurpant la grandeur ,
Par fon vain appareil, amufe fa langueur.
Un Efclave (le Sort me l'a donné pour Maître ,
Mais , par fa tyrannie, il a ceffé de l'être)
Qui , voué par état, à la Religion ,
N'encenfe d'autre Dieu que fon ambition ;
En long habit de Pourpre, affis au pied du Trône ;
De fa frêle Thiare obfcurcit la Couronne :

Et leur Maître impuiſſant, voit le ſceau de l'affront,
A l'envi, par leurs mains, imprimé ſur ce front
Qui devoit, entouré des feux de la Victoire,
Aux yeux du Monde entier ſe couronner de gloire !
　　Hélas ! il t'en ſouvient, dans ces momens heureux
Où, pâmé ſur mon ſein, l'Amour payoit tes vœux ;
Tu diſois : » Mancini, je t'aime, je t'adore,
» Mais, pour mon cœur la Gloire a plus de charmes
　　　　» encore ;
» Eſcorté de la Guerre & de la Volupté ,
» Oui, je veux que L o u i s , au Monde épouvanté,
» De ſon célébre Ayeul * retrace la mémoire :
» Il brûla, comme moi, pour d'Eſtrées & la Gloire ,
» Et je veux, comme lui, qu'invincible aux Combats,
» Mon bras traîne l'Honneur & l'Amour ſur mes pas ;
» Que la voix du Plaiſir, & les cris de la Guerre
» Faſſent voler mon Nom aux deux bouts de la Terre.
» L'Amour ſied au Héros, il pare le Guerrier ,
» Le Mirthe de Vénus , croît auprès du Laurier :
» L'Amour eſt, en un mot, la vertu du grand Homme.
» Vois mon Pere ** ; jouet d'un Courtiſan de Rome,

(*) Tout le monde connoît le penchant que ce grand Roi
eut pour la belle Gabrielle ; mais l'amour qu'il avoit pour
elle , ne ſervit qu'à allumer davantage celui qu'il avoit pour
la gloire.

(**) On ne peut nier qu'il ne ſe ſoit exécuté de très grandes
choſes ſous ſon Regne , mais la gloire en eſt dûe au Cardinal
de Richelieu ; & ſi cet homme illuſtre n'eût point exiſté , on
n'eût jamais ſçu que ce Prince auroit regné.

» Il a coulé ſes jours dans l'inutilité,

» Au nombre de nos Rois à peine il eſt compté !

» La foibleſſe eſt l'écueil où ſe briſe le Trône ;

» Un Roi doit ſeul porter le faix de ſa Couronne !

» Ainſi de mes Ayeux l'invincible fierté,

» De l'Empire François ſoutint la Majeſté.

C'eſt ainſi que paſſant du Plaiſir à la Gloire,

Fidéle à ſon amour, fidéle à ſa mémoire,

L o u i s, d'un vrai Monarque étalant la grandeur,

Vouloit ſeul, dans la France, amener le Bonheur !

Et ce même L o u i s, & ce ſuperbe Maître

Rampe en Eſclave aux pieds d'une Femme & d'un
   Prêtre !

Echappé de ſes mains, le ſuprême pouvoir

Eſt le prix d'une larme, & céde à l'Encenſoir !

Ce L o u i s qui devoit, Emule d'Alexandre,

Ecraſer mille Rois, ſur leurs Trônes en cendre ;

A ſon premier effort, enchaîné dans ſa Cour,

N'oſe même ſervir ſa Maîtreſſe & l'Amour !

Oui, je t'accuſe ſeul ! ma fidéle tendreſſe

Rejette ſes malheurs ſur ta ſeule foibleſſe !

Mazarin * eût bien pû faire entendre à ton cœur

La voix de la Patrie, & les cris de l'Honneur !

Sa tête eût répondu de ſon excès d'audace !

Ta Mere trop ſenſible à l'éclat de ſa Race,

____

(*) Mazarin, preſſé par la Reine-Mere d'éloigner ſa
Niéce, la propoſa en mariage à Laurent-Onufre Colonne
de Gioeni, Duc de Taliacot, qui l'épouſa effectivement
quelques années apiès, & mouiut le 15 Avril 1689.

Eût pû peindre, à tes yeux, le François éploré,
Redemandant son Roi par l'Amour égaré :
L'Espagne partageant ses larmes & ses plaintes,
N'eût permis qu'à l'Echo de redire ses craintes :
J'eusse, à ces traits, connu le Monarque & l'Amant !
Mais que peut un Mortel qui soupire en tremblant !
Qui baise, sans rougir, le frein de l'esclavage,
Et croit que le respect est d'un Roi le partage !

Quoi ! quittant des François le superbe séjour,
J'irai, dans les Climats qui m'ont donné le jour,
Promener, sans honneur, les restes d'une vie
Que la Haine & l'Amour n'ont que trop poursuivie !
Le Bandeau de l'Hymen couvrant mon déshonneur,
Sous ses tissus fleuris cachera ma douleur !
Quoi ! Mancini d'affronts & d'opprobres souillée,
Dans le lit de Colonne avec honte exilée,
Partagera ses fers, & rebelle moitié,
A ses feux n'offrira qu'une froide amitié !
Aux marches de l'Autel ma voix foible & tremblante,
Osera bien jurer à son ardeur pressante,
D'enchaîner à son cœur, d'enchaîner à sa foi,
Un cœur plein de L o u i s, & qui n'est plus à moi !
Ces charmes, ces appas, que d'amour enyvrée,
A pressé mille fois une bouche sacrée,
Ces secrettes beautés, où, tout plein de desirs,
L o u i s a mille fois appellé les Plaisirs,
D'un Esclave odieux seront l'infâme proie,
Complices de ses feux & témoins de sa joie :

C'eſt L o u i s qui le veut, & ce parjure Amant

Peut ſouffrir qu'un Sujet pour Mancini brulant,

Profane de ſa main la main de ſa Maîtreſſe !

La ſource de nos maux, L o u i s, c'eſt ta foibleſſe :

Mazarin enhardi, laiſſe couler tes pleurs,

Et ſerre, par ton bras, le nœud de nos malheurs.

Rappelle toi ces tems où, des bouts de la France,

Me montrant la faveur, aſſurant ſa puiſſance,

Ce même Mazarin m'entraîna ſur ſes pas :

Le rang qui m'attendoit dans ces heureux climats ;

L'yvreſſe de l'eſpoir, l'éclat de cet Empire,

Tout égara mon cœur trop facile à ſéduire !

Fatal aveuglement ! par quels torrents de pleurs ;

Hélas, ai je expié quelques inſtans d'erreurs !

Falloit-il, au deſir abandonnant ma vie,

Rechercher un bonheur que m'offroit ma Patrie !

Falloit-il m'arracher à vos embraſſemens,

Chers auteurs de mes jours, dont les baiſers charmans,

Dans mon cœur, tant de fois, ont porté l'allégreſſe !

Le reſpect, l'amitié, l'innocente tendreſſe,

Partageoient à l'envi le cercle de mes jours !

L'Amour, qui maintenant empoiſonne leur cours,

L'Amour, dont le Flambeau n'éclaire que mes peines,

De ſes feux dévorans, n'embraſoit pas mes veines !

Ah ! ſi l'Homme comblé des faveurs du Deſtin,

Peut, par fois, du Bonheur entrevoir le chemin,

S'il eſt quelque bonheur, c'eſt l'Amitié ſans doute,

C'eſt de ſon Temple, au moins, la plus certaine route !

Dans le sein maternel, notre cœur confondu ;
Par les vagues transports, n'est jamais suspendu ;
Et de l'illusion embrassant la chimére ,
Ne suit point de l'Amour la pente téméraire ;
Tous nos jours sont filés par la main des Vertus.
Tels étoient les plaisirs, hélas, que je n'ai plus !
J'ai perdu tous ces biens, pour quel amant encore !
Un Amant qui me fuit, me condamne & m'adore !
Qui pourroit, d'un seul mot, ordonner mon bonheur,
Qui, pour dire ce mot, a trop peu de valeur !
 Par le fier Mazarin conduite auprès du Trône,
Quand je vins admirer l'éclat de la Couronne,
Louis prêtant l'oreille à la voix des Vertus ,
Retraçoit, il est vrai, le Regne de Titus :
Au frein de la leçon sa jeunesse docile,
Supportoit de l'Etat le fardeau difficile ,
Et toujours le Conseil utile à sa grandeur ,
Sans asservir son ame , éclairoit son erreur :
Mais mon œil peu sensible à la pompe étrangere ,
Qui, par ses vains dehors captivant le vulgaire ,
Dérobe le Mortel sous la pourpre du Roi ,
Ne cherchoit que Bourbon , & que l'Homme dans
  Toi !
O funeste recherche ! ô moment redoutable !
Quoiqu'armé du pouvoir, Louis étoit aimable ;
Quoique Maître absolu, Louis sçavoit aimer ;
Il possédoit déja le grand art de charmer.

L'heureufe (*) d'Argencour avoit fixé fon choix.
L'Amour, dans fes écarts, connoît-il quelques Loix!
D'Argencour, qui régnant fur l'ame de fon Maître,
Par des nœuds éternels, l'eût enchaîné peut-être,
Dédaignant la faveur du Monarque irrité,
Dans les bras du Valet démentoit fa fierté!

    Ah, LOUIS! eft-ce ainfi qu'à tes defirs rebelle,
Glaçant par fes dédains ta tendreffe fidelle,
On a vû Mancini, par fes folles ardeurs,
De fon injufte Amant provoquer les rigueurs!
Ah! de ton cœur plûtôt j'en crois le témoignage,
Ce cœur qui tant de fois m'adreffa fon hommage,
Depuis l'inftant heureux où guidé par l'Amour,
à l'ombre d'un Berceau, loin du bruit de la Cour,
Tu juras, à mes pieds, une ardeur éternelle!
Que vois je! à mes genoux LOUIS tremble... chan-
      celle!...
Aux pieds de fa Sujette oubliant fa grandeur,
Il ne lui refte plus que l'Amour & fon cœur;
Et ce vain appareil étranger à fon ame,
Irrite fes defirs, importune fa flamme.
Ah! toujours la tendreffe éclipfe la fierté;
Pour fubjuguer un cœur que peut la Majefté!
Non, ce n'eft plus LOUIS, c'eft un Amant en larmes,
C'eft un timide Amant qu'ont affervi mes charmes!

(*) Mademoifelle d'Argencour, jeune & blonde, fut la premiere fur laquelle le Roi jetta les yeux; mais elle trahif- foit le Monarque pour s'abandonner à la paffion qu'elle avoit pour Chamarante, premier Valet de Chambre du Prince.

Ses lévres fur ma main exprimant tous leurs feux ,
Son œil... morne... inquiet , interrogeant mes yeux.
Et moi-même fans voix... ma langue embaraffée ,
Mes yeux , plus que ma bouche , expliquant ma penfée...
Mourante fur ton fein !... pâmée entre tes bras !...
Au feu de tes baifers prodiguant mes appas !...
En tout tems ce tableau fe retrace à ma vûe !
Je te vois en tout tems d'une bouche ingénue ,
Exiger mille fois l'aveu de ton bonheur !...
Toujours trop peu certain du trouble de mon cœur ,
Le demander fans ceffe , & l'oubliant fans ceffe ,
D'un fi charmant plaifir multiplier l'yvreffe.
La voix de nos Tyrans effrayant les Amours ,
De nos defirs alors ne troubloit point le cours.

   Et toi , Vertu farouche , auftere Politique ,
Du Prince & du Sujet Maîtreffe defpotique ,
Tu ne peux nous ravir ces inftans fortunés ,
Où de feftons de Fleurs , de Rofes couronnés ,
Unis par le Plaifir , la Sujette & le Maître
S'élancoient l'un dans l'autre & confondoient leur être !
Mais un amour fi tendre eft un crime à tes yeux !
C'eft toi , Monftre fatal , dont le foufle envieux .
Sur ton aîle lugubre amenant les tempêtes ,
A vomi l'infortune & l'effroi fur nos têtes !
Le Bonheur eft femblable au jour pur & ferein ,
L'inftant de fon lever annonce fon déclin.
Empruntant les appas de la tremblante Aurore ,
Phœbus , de fes couleurs , s'embellit & fe dore ;

Ses

Ses rayons, dont l'azur frappe l'œil abusé ;
A la Terre arrachant le Salpêtre embrasé ;
Enveloppent le Ciel d'un cercle de nuages,
Le jour périt, s'éteint dans la nuit des orages :
Tel nous luit le Bonheur ; c'est un rapide éclair,
Il pétille, & la Foudre éclate aux Champs de l'Air.

   O jour infortuné, jour affreux, effroyable !
Jour, pour notre malheur, hélas, trop mémorable !
Non, jamais le Soleil chargé de tant de feux,
Ne lança, dans le Ciel, son Char victorieux !
Sa présence éclairoit ma défaite & ta gloire ;
Que de pleurs m'a coûté sa funeste victoire !
Falloit il, entraînés par de brûlans transports,
Immoler au plaisir nos devoirs, nos remords !
C'est envain que l'Honneur, d'une voix foudroyante,
Etonne, par ses cris, mon oreille tremblante,
L'Amour ne connoît rien dans ses emportemens.
Déja mille baisers enyvrent tous mes sens. . .
De la triste pudeur le souvenir m'accable. . .
Je couvre de baisers ton front charmant .... aimable !..
Je redouble cent fois .... mon œil se ferme au jour !..
Je ne vois que l'Amour .... je ne sens que l'Amour !..
Je suis toute à l'Amour !.. Dieux !.. mon ame expirante
A volé sur ta bouche.... & ta bouche brûlante,
Rallume dans mon sein la flamme des desirs !...
Quels flots de volupté !. . quels torrents de plaisirs !...
Ils éteignent les feux dont je suis dévorée !....
Dans la nuit du néant mon ame est égarée !...

B

L o u i s... ma voix s'éteint... ô momens enchanteurs...
L o u i s... je ne fuis plus... je t'embraffe... je meurs...
Nos corps font moins émus , moins unis que nos ames.
Refpirant le même air , brûlés des mêmes flammes ,
Nous ne fommes qu'un être, & nos cœurs confondus
Sont l'un à l'autre joints , l'un dans l'autre perdus....
    Mais quel bruit a frappé mon oreille attentive !
Qu'ei tens je ! tout allarme une Amante craintive,
Qui peut franchir des lieux remplis de ta grandeur !
On vient, le Salon s'ouvre ; ô furprife ! ô terreur !
O trouble ! quels objets épouvantent ma vûe !
Qui ?... Dieux ! c'eft Mazarin, c'eft ta Mere éperdue !
C'eft ta Mere , & le Ciel fur ma tête ébranlé ,
En débris éclatans ne s'eft point écroulé !
Et les Carreaux vengeurs , & les feux du Tonnerre,
Entrouvrant fous leurs pas le centre de la Terre ,
N'ont point enfeveli dans fes gouffres affreux ,
La Mere , le Miniftre , & moi-même avec eux !
    Quels terribles regards, quel œil fombre & farouche !
Mille mots outrageans échappent de fa bouche !
Mais j'entends mon arrêt.... on m'arrache à tes bras !
Tu pleurs.... de ton amour ce font là les combats !
Hé , ceffe de verfer des larmes inutiles !
Verfe plûtôt du fang ! ô reproches ftériles !
Tu demandes ma grace , & ployant les genoux ,
Tu l'attends de leur main ! Ah , tenons là de nous !
Supplier un Sujet : ô comble de baffeffe !
Quoi, jufques là, L o u i s, ta lâcheté s'abbaiffe !

C'eſt dans des flots de ſang qu'on lave un tel affront !
Je ne lis que l'effroi , que la peur ſur ton front !
Ranime-toi , L o u i s ! Je me perds , je m'égare !
Tu me fuis... c'en eſt fait , leur fureur nous ſépare !
Je ne vois plus Paris & tes brillans Palais ;
Je ne vois que la Mort , que ſes triſtes apprêts ,
Que l'horreur qui partout dévance mon paſſage !
  Il en eſt tems encor : ſauve-moi de leur rage !
Que Mazarin , ta Mere , expirans , confondus ,
Ne puiſſent... qu'ai-je dit ! quels deſirs ſuperflus !
Qu'ai-je dit ! l'Infortune égare le Courage !
Traînant mes jours flétris dans la honte & l'outrage ,
Je parle de punir , & maîtriſant le Sort ,
Sans pouvoir , à mon gré je diſpenſe la mort !
  Ce ſont les derniers cris de ma fureur mourante !
D'un deſtin moins brillant ma tendreſſe contente ,
De ta Mere encenſant l'orgueilleuſe grandeur ,
Dédaigne ta Couronne , & n'en veut qu'à ton cœur !
  Si la Vertu ſur toi peut moins que la naiſſance ,
Si des Rois dédaigneux la ſuperbe alliance
N'admet avec leur ſang , qu'un ſang pur , éprouvé ,
A regner , de tout tems , par le Ciel réſervé ;
Eh bien ! que Marguerite * à tes Loix enchaînée ,
Sur le Trône avec toi , coule ſa deſtinée !

____

(*) On avoit , dans ce tems , propoſé le mariage de Marguerite , Princeſſe de Savoie , avec Louis. Le témoignage
que Mancini a rendu de cette Princeſſe , n'eſt pas avantageux :
étant revenue à la Cour , & allée à Lyon , où la Princeſſe
étoit , elle dit au Roi , en la voyant , *que c'étoit venir de
bien loin chercher une laide femme.*   B ij

Mon œil n'envira point fon degré de fplendeur !
A mon ardeur conftante il fuffit de ton cœur !
Je n'aime que ton ame, & non point ta Couronne,
Trop fouvent le Malheur habite fur le Trône !
Et trop fouvent l'Hymen, fous fes liens de fleurs,
Affemble les Soucis & les Chagrins rongeurs.
L'Amour eft plus heureux : fes treffes voltigeantes,
Enchaînent, à fes pieds, les Graces careffantes :
Il eft toujours fuivi des Jeux & des Plaifirs,
Qui renaiffent en foule à la voix des Defirs.
Tel j'aimerai mon fort : que ta bouche prononce,
Mon deftin aujourd'hui dépend de ta réponfe.
Dans cette même main qui fixant ma douleur,
Par la voix de ces traits, va parler à ton cœur,
Etincelle un poignard dont la pointe acerée
Préfente le trépas à mon ame égarée !
Ou Paris me verra Maîtreffe de fon Roi,
Affife à tes côtés, donnant partout la Loi,
Dédaignant le vain nom d'une Epoufe impuiffante,
Tirer plus de grandeur du nom de ton Amante.
Ou Brouage *, témoin de mes vives douleurs,
Me verra, par le fer, terminer mes malheurs.
Ecrite en traits de fang, ma funefte aventure,
Epouvantant les yeux de la race future,
Dira, que de L o u i s la foibleffe & l'amour,
M'ont coûté la vertu, le bonheur & le jour.

(*) Mancini s'étoit retirée à Brouage, mais depuis elle
revint à la Cour, & le Roi n'ayant plus pour elle les mêmes
foins, elle alla époufer le Connétable Colonne, en eut plufieurs enfans, & mourut au mois de Mai 1715.

LE BAISER

DE L'AMOUR,

IDYLLE,

Imitée de la Neuviéme de M. GESSNER.

DAMON ET PHILIS.

DAMON.

LE Soleil seize fois a fourni sa carrière ;
Mes yeux l'ont seize fois vû brillant de lumiere,
Répandre, dans nos Prés, les trésors du Printems ;
Cet an est, ma Philis, le plus cher de mes ans !
C'est toi qui l'embellis, ô charmante Bergere !
Assis à tes côtés sur un lit de fougere,
Je laisse mes Moutons errer autour de nous ;
Ils errent... & moi... moi, je suis à tes genoux !

PHILIS.

Le Soleil treize fois a ramené l'année,

B iij

Depuis que Lachéfis filema deftinée :
Rien n'eft, pour ta Philis, fi beau que ce Printemps ?
Auprès de toi, Damon, les jours font plus charmans.
Elle dit, & rougit, & fon ame enyvrée,
Laiffe échapper fes feux dans fa vûe égarée :
Elle preffe Damon fur les lys de fon fein,
Et le cœur de Damon palpite fous fa main.

DAMON.

L'incarnat de la Rofe embellit ce Bocage ,
C'eft le Trône de Flore , & fon plus bel ouvrage.
Viens, Philis, fur les bords de ce Fleuve argentin :
Sous ces Berceaux de fleurs le Ciel eft plus férein.

PHILIS.

Guide mes pas, Damon, dirige-les fans ceffe :
Auprès de toi, Berger, je puife l'allégreffe :
Une innocente joie éclate dans mes yeux ,
Mon fein ému palpite & feconde tes vœux !
Quel plaifir de te voir ! ah ! mon impatience
Alloit déja, Damon, accufer ton abfence !

DAMON.

Etouffe tes chagrins & tes foucis rongeurs ,
Repofe tes appas fur ce Trône de fleurs.
Que ne puis je, Philis, dans mon ardente yvreffe,
Te voir à tous inftans, & t'admirer fans ceffe !

Que ne puis je... quel trouble a brillé dans tes yeux !
Qu'ils sont touchans, Philis, & qu'ils sont pleins de
feux !
Bergere, que ma main te ferme la paupiere !
Je ne puis, de tes yeux, soutenir la lumiere :
Je ne le puis... le trouble a passé dans mon cœur ;
Il soupire... il frissonne, & brûle avec ardeur !

PHILIS.

Que cette main, Damon, m'est chere & m'est
cruelle !
Ah ! laisse-moi.... quel feu dans mon corps étincelle !
Tes regards, tour à tour, tendres & languissans,
Ont enflammé mon ame, ont embrasé mes sens !

DAMON.

Sous ces Arbres touffus, ces tendres Tourterelles,
Philis, l'une dans l'autre ont enlassé leurs aîles !
Que leurs gémissemens m'inspirent de langueur !
Leurs becs sont confondus ! Dieux ! avec quelle ardeur
Dans leurs embrassemens, l'une à l'autre est unie !
Elles semblent mourir & reprendre la vie.
Imitons-les, Philis, jette-toi dans mes bras,
Et dans mon sein ardent épanche tes appas !

PHILIS.

Tu m'enchantes, Damon... mais... ces deux Tourterelles

Ont enlaſſé leurs becs, en enlaſſant leurs aîles !
Joins ta bouche à ma bouche, échangeons nos ſoupirs !
Que tout nous ſoit commun juſques à nos plaiſirs !

D A M O N.

O douce Volupté !.. quelle céleſte flamme
Tout à coup, dans ton ſein, a tranſporté mon ame !
O vous, à qui je dois cet inſtant de bonheur,
Puiſſiez-vous fuir l'Autour & tromper ſa fureur !

P H I L I S.

Puiſſiez-vous à jamais, l'une à l'autre enchaînées,
A l'abri du péril couler vos deſtinées !
Venez ſur mes genoux ! Ah, le barbare Autour
N'oſera vous ravir aux ſoins de mon amour !
Ma main vous nourrira des préſens que l'Aurore
De ſes pleurs délicats fait, dans nos Champs, éclorre :
J'entendrai, ſous mes Toîts, retentir vos chanſons :
Tandis que mon Berger, répétant vos leçons,
Puiſera, ſur ma bouche, une heureuſe allégreſſe,
Nous vous verrons auſſi partager notre yvreſſe !
Mais quoi, vous me fuyez ! cruelles, avec vous,
N'emportez pas, du moins, nos plaiſirs les plus doux !

D A M O N.

Ces careſſes, Philis, ſont des baiſers peut-être ;
Amyntas, par ſes Vers, m'apprit à les connoître.

Ecoute la Chanſon où ce Berger charmant,
Célebre du Baiſer le plaiſir raviſſant.

L E Moiſſonneur qui, dans la Plaine
Qu'embellit la blonde Cérès,
Dépouille ſes riches Guerets,
Tombe ſous le faix de la peine ;
Bientôt de Bacchus la Liqueur
Ranime ſa force accablée,
Et dans ſon ame déſolée,
Porte la joie & la vigueur.
Mais un baiſer a plus de charmes
Aux yeux d'un Amant fortuné :
Soudain il bannit les allarmes,
Qui troubloient ſon cœur conſterné.

Quand l'Empire de la Nature
Eſt deſſéché par la Chaleur,
Avec plaiſir le Voyageur
Entend le Ruiſſeau qui murmure :
Son bruit a charmé tous ſes ſens ;
L'Eſpoir le ſoutient dans ſa courſe ;
Il vole à l'endroit où la Source
Proméne ſes Flots écumans.
Mais un baiſer a plus de charmes :
Son bruit eſt cent fois plus flatteur ;
C'eſt pour un Amant en allarmes,
Le ſignal certain du Bonheur.

PHILIS.

Oui, ce font des Baifers, ces careffes ardentes
Que tu viens de ravir fur mes lévres brûlantes :
N'en doute point, Damon, mon cœur en eft garant.
Pourroit-il être, hélas, un plaifir plus touchant !
Thémire, que je vois fur ce lit de Fougere,
Pourra nous dévoiler la nuit de ce myftere.
Je brûle de fçavoir la caufe de mes feux...
Quel objet ce Ruiffeau vient d'offrir à mes yeux !...
Ah... de nouvelles fleurs, orne ma chevelure !
Qu'aifément, dans ton fein, j'oubliois ma parure !

LA PÊCHE,

ODE.

QUELLE Déeffe impitoyable
A troublé le repos des Airs !
Le bruit de fa voix effroyable
Séme l'horreur dans l'Univers !
Le Crime au regard parricide,
Efcorte fon Char homicide,
Qu'accompagne la Trahifon ;
A fes côtés l'Inquiétude,

Le Defir & l'Incertitude
Sont guidés par l'œil du Soupçon.

✻❧❦✻

C'eft l'infatiable Avarice,
Qui, jaloufe de fes Autels,
Veut, fur les pas de fon Caprice,
Entraîner l'orgueil des Mortels.
Ceint de la Thiare brillante,
Le front de l'Idole infolente,
Retrace le nom du Bonheur ;
Mais fa puiffance menfongere
Verfe l'efpérance légere,
Et les flots amers de l'Erreur.

✻❧❦✻

Les feux de fon Flambeau barbare ,
Embrafant le cœur des Humains,
(*) Jufques aux portes du Tenare ,
Eclairent leurs pas incertains.
Leurs bras arrachent à la Terre ,
Ces Métaux que l'horrible Guerre
A réfervés pour la Terreur :

(*) C'eft dans les entrailles de la terre que les hommes vont chercher les Richeffes, le principe de tous leurs malheurs. La Mine du Potoze, dans le Perou , a deux cent cinquante toifes de profondeur. D'infortunés Péruviens , féparés par l'avidité Efpagnole , du nombre des vivans, confument leur jeuneffe & leurs jours dans ces demeures lugubres. La lueur pâle & fombre d'un flambeau , ne leur retrace que l'horreur des ténébres , & les débris de la Mine prêts à les enfevelir.

(*) Du Fer la fange confacrée ;
Par les doigts de l'Art épurée,
Sert leur criminelle fureur.

Sous les coups tranchans des Coignées,
Tombent ces Chênes fourcilleux,
Qui, des Tréfors de cent années,
Déployoient les fruits orgueilleux.
L'effort heureux de l'Artifice,
Erige en fuperbe Edifice,
L'affemblage de leurs Rameaux :
Leurs branches en Rames changées,
Vont, par mille bras dirigées,
Guider des Villes fur les Eaux.

Confiant aux Flots fa fortune,
Le Mortel brave le Trépas,
Pour ravir au fein de Neptune
Les richeffes de fes Etats.
Retranchés fous un Toît fragile,
(**) Ces Poiffons, fur l'humide Argile,

(*) Le Fer, dans le fein de la Mine, eft mêlé de terre & de fable. Une eau courante, qui paffe continuellement dans une Cuve platte où on le jette, l'épure, entraîne le limon, & le métal plus pefant que les terres, refte prefque fans alliage.

· (**) La Mer, dans fes différentes crues, couvre le pied des falaifes d'une multitude innombrable de coquillages. Quand, par la réaction de fa pefanteur, elle eft contrainte à reprendre fon lit naturel, elle les laiffe fur les dunes. C'eft

[29]

Par l'Onde en courroux apportés,
Préfagent à fon efpérance,
Plus de richeffe & d'abondance,
Dans des Climats plus écartés.

(*) Les Miniftres affreux d'Eole,
Ont, fur l'aîle de la Terreur,
Dans les coins incultes du Pole,
Porté les Glaces & l'Horreur.
(**) La Reine de l'Empire humide,
Dans ces Déferts, à l'œil avide,
Cache la pompe de fa Cour.
Des riches Bords de leurs Contrées,

---

un fpectacle magnifique que de voir des légions d'Huitres,
de Moules, d'Homars, d'Ecreviffes, de Nautiles étalés
avec profufion fur le rivage.

(*) Les Mers de Groenlande & de Spitzberg font les demeures ordinaires des Baleines. Ce Pays, fitué à l'extrêmité
du Pole Arctique, fut découvert au neuviéme Siécle. L'Hiver
y eft de la derniere rigueur, & l'on y voit fouvent des Montagnes de glaces excéder de trois cens pieds le niveau de la
Mer. La nuit la plus obfcure acheve de défoler pendant trois
mois ces malheureufes Contrées, & les Groenlandois ne
doivent quelques rayons de lumiere, qu'à un crépufcule
foible & de peu de durée, ou aux phénomenes de l'Aurore
Boréale.

(**) La Baleine a cent pieds de longueur, fa tête monf-
trueufe eft prefque toujours le tiers de fa maffe, & n'eft point
armée de dents, mais de fanons enchaffés dans fa machoire ·
d'un coup de queue, où toute fa force confifte, elle ébranle
des Vaiffeaux de cent Tonneaux, & engloutit quelquefois
dans la Mer de groffes Chaloupes.

Mille Nations conjurées
Volent dans ce trifte Séjour.

❋❋❋

Le Fer lancé d'un bras terrible,
Atteint le Monftre bondiffant :
Il agite fa Maffe horrible ,
Il fend les Flots en mugiffant :
Il vomit fur l'Onde bruyante ,
La Crainte , la Mort , l'Epouvante ,
Il fuit dans fon obfcurité :
Son fang à gros bouillons s'écoule ;
Ainfi fous la Sappe s'écroule ,
Un Palais des temps refpecté.

❋❋❋

Au fond de la Mer en furie ,
(*) Les cables qu'au dard tortueux ,

____

(*) Le Pêcheur attache au harpon de longs cables ; la Baleine fe fentant bleffée, s'enfevelit dans les abymes de la Mer : elle fe confume en efforts pour échapper au fer aceré , qui eft plongé dans fes côtes , enfin elle meurt ; fon corps furnage , & les cables dont les forces font multipliées par le méchanifme du Cabeftan, l'enlévent fur le Vaiffeau. L'illuftre M. Dulard a rendu ainfi ce morceau.

Par quels puiffans efforts, par quelle audace heureufe ,
Ta main , hardi Mortel, en eft victorieufe !
Du haut de la Nacelle un javelot lancé ,
Atteint le Monftre , il plonge , & de fon fang verfé ,
La furface de l'Onde au loin eft empourprée :
Un long tiffu qui tient à la fléche acerée ,
Lâché rapidement , au fond des Faux le fuit ,
Et du Monftre aux abois indique le réduit ,
Vuide de fang il meurt . . . . . .

Du Pêcheur fixe l'induſtrie ;
Suivent ſon cours impétueux.
Décoché d'une main plus ſûre ;
L'Acier irrite ſa bleſſure,
Et fait ſuccomber ſa fureur ;
Et, ſur ſa ſurface indignée,
De ſon trépas l'Onde étonnée,
Roule ſon corps avec horreur.

(*) O Ciel ! quel Monſtre épouvantable ;
Elancé ſur le ſein des Flots,
A, dans ſa gueule redoutable,
Plongé ces pâles Matelots !
Le Fer a vengé leur outrage,
Le Pêcheur écumant de rage,
Triomphe de ſa cruauté,
Et ravit à ſa dent ſanglante,
La Victime encor palpitante,
Qu'engloutit ſon avidité.

(*) Le Requin, le plus terrible de tous les Chiens marins.
Chacune de ſes machoires eſt armée de ſix rangs de dents
triangulaires, & ſon goſier ſi large, que ſouvent on y a trouvé
des hommes à demi dévorés.

Un célebre Voyageur raconte, qu'un Matelot tombé par
hazard dans la Mer, fut à l'inſtant englouti par ce Monſtre.
L'Equipage lui jette une amorce attachée à un harpon re-
courbé, le Requin l'avale, & eſt tiré à force de bras ſur le
tillac du Vaiſſeau : quoique à demi mourant, il effraye les
plus audacieux : ce n'eſt que de loin qu'on lui enfonce d'autres harpons dans les côtes ; on ouvre le ventre de ce furieux
Animal, & on voit avec horreur le Matelot palpitant dans
ſes entrailles ſanglantes.

La Mort par leurs cris appellée ;
Vient préfider à ces Combats ;
Et, d'Amphitrite défolée,
Moiffonner les vaftes Etats.
L'Acier, dans fa courfe rapide ,
Frappe (*) le Narval homicide ,
Qui féma longtemps la terreur.
(**) Le Dauphin à la tête altiere ,
(***) Le Prifle à la dent meurtriere ;
Expirent fous le dard vainqueur.

(****) La Séche de fa bouche ardente ;
Vomit les Ombres de la Nuit,
Et portant au loin l'épouvante ,
Echappe au trait qui la pourfuit.
Du Pêcheur la trompeufe adreffe
Séduit la Torpille , la preffe ,
Fait voler le Fer fur fes pas ,
Et. . . . qui glace fon bras avide !

(*) Le Narval a pour arme offenfive une Corne de cinq à
fix pieds , ce qui l'a fait furnommer la Licorne de Mer.

(**) Le Dauphin eft affez connu par les richeffes de fes
écailles , & l'éclat de leur couleur ; fa rapidité eft extréme.

(***) Le Prifle ou la Scie , eft armé d'un os large & long ,
hériffé de plufieurs dents crenelées

(*) On connoît affez les propriétés de la Torpille & de la
Séche. L'une échappe à fon ennemi , en faifant jaillir d'un
petit réfervoir , une liqueur noire qui répand l'obfcurité , &
l'autre , en engourdiffant le bras du Pêcheur.

La langueur, sur son front livide ,
Trace le sommeil du Trépas.

Quittez ces funeftes Rivages !
La Nature , en lettres de fang ,
Mortels , a gravé les Naufrages
Sur les Rocs aigus de ce Banc :
Mais cette Perle étincelante ,
Par l'or de fa couleur brillante ,
Excite leur cupidité ;
Ils s'élancent au fein de l'Onde ,
Pour enrichir les Dieux du Monde ,
Du prix de leur avidité.

(*) Ces Tréfors , dont la Mer fertile
Embellit fes gouffres affreux ;
L'Algue obfcure , l'Eponge utile ,
Le Madrépore ténébreux ;
Ces tiges de feux couronnées ,
Qui , du Deftructeur des années ,
Bravoient la fureur & l'éffort ,
Tombent fous la hache rapide :
'Au loin , dans la Campagne humide ,
Eclate la Faulx de la Mort.

(*) Le fond de la Mer eft couvert d'un nombre infini de Plantes : le Corail eft la premiere & la principale.

Oh , que j'aime bien mieux le Sage
Qui vit dans les bras du Loifir !
Le cercle aimable de fon âge
Eft tiffu des fleurs du Plaifir.
Aux bords, qu'une Source agitée,
Baigne de fon Onde argentée ,
Il court amorcer le Poiffon :
C'eft l'amufement qui l'y guide ,
C'eft Iris , dont la main timide ,
Du Trépas arme l'hameçon.

Le gage ardent de la tendreffe ,
Souvent un baifer enchanteur ,
Eft , & le prix de fon adreffe ,
Et le comble de fon bonheur.
Sur le Trône de la Fortune ,
Sied l'Ambition importune
Que fuit le Dégoût inconftant :
L'Avare eft un Tigre effroyable ,
Il eft toujours infatiable ,
Et le Sage eft toujours content.

LE MATIN,
ODE.

L'Aurore d'Eclairs couronnée,
Dans les Champs obscurcis des Cieux,
Sur un Char d'Incarnat traînée,
Porte ses regards radieux.
Du Temps les Courrieres fidéles,
Déployant l'azur de leurs Aîles,
Dévancent son cours glorieux :
Leurs mains, dans les Plaines mobiles,
Dirigent les rênes fragiles,
Et pressent ses Coursiers fougueux.

La Nuit, de ses lugubres voiles,
A vû pâlir l'obscurité,
Et de sa Thiare d'Etoiles,
Fuir la frauduleuse clarté.
Aux côtés de sa Souveraine,
Armé d'un long Sceptre d'Ebene,
Morphée accourt avec terreur ;
Et des Pavôts le Fils frivole,
Le Songe mensonger s'envole
Sur les pas légers de l'Erreur.

Des Portes qu'entrouvre l'Aurore ;
S'échappe un coloris brillant :
L'incarnat de la Pourpre dore
La surface de l'Orient :
Tandis qu'un Nuage effroyable ;
De sa noirceur impénétrable
Obscurcit encor l'Univers :
'A travers les Ombres errantes ;
Du Jour les lumieres naissantes
Se brisent dans le Champ des Airs.

L'Aube de sa main triomphante,
Enchaîne le Dieu du Sommeil ;
Et de l'Opale étincelante,
Séme le Palais du Soleil :
La Porte à ses yeux dévoilée,
Par les bras du Temps ébranlée,
Roule sur ses Gonds impuissans ;
Phœbus franchissant la barriere,
S'élance, & loin de la Carriere,
Pousse ses Chevaux mugissans.

L'Aigle.   L'altier Favori du Tonnerre
Fixe, d'un œil audacieux,
Le tour que décrit sur la Terre
Son Char étincelant de feux,
La douloureuse Philomele ,

Et la naïve Tourterelle ;
Redifent les foins de l'Amour ;
Et cadençant fa voix légere ,
Du Dieu qui lui rend fa lumiere ,
L'Oifeau célebre le retour.

Le Berger que Phœbus éclaire ,
Murmure le nom de Défir ;
Sur les lévres de fa Bergere
Ses lévres cherchent le Plaifir :
Il fuit . . . & fa plaintive Amante
Déploie en treffe voltigeante
L'or mobile de fes cheveux :
En habit de Fleurs la Nature
Sourit à fa fimple parure ,
Et peint le regret dans fes yeux.

De fon Amant dans la Praïrie ,
Sa vûe a calmé le chagrin ;
Il cueille une Rofe fleurie ,
Qu'il enlaffe aux lys de fon fein.
Les Ris difcrets & le Myftere
Dreffent un Trône de Fougere ,
Où la fait affeoir le Bonhenr :
L'Amour vole fur fa houlette ,
Folâtre fous fa colerette ,
Et fe dérobe dans fon cœur.

Au fommet d'un Rocher aride
Qu'enrichit l'argent d'un Ruiffeau,
Le Soleil, du Pêcheur avide,
A rappellé l'efpoir nouveau.
Le Liége qu'il fufpend fur l'Onde,
Guide la courfe vagabonde
De fon incertain hameçon :
Au gré du Zéphir, chancelante,
(*) Sa Ligne fous le poids tremblante,
Trahit les efforts du Poiffon.

Le cercle étroit que, fur vos têtes,
Phœbus retrace dans les Airs,
Bergers, n'eft qu'un cercle de Fêtes,
Marqué par vos plaifirs divers.
L'Amour, fous les doigts de Titire,
Fait foupirer l'or de fa Lyre,
Ou refonner fes chalumeaux :
A fes fons les Graces légeres,
Sous la forme de vos Bergeres,
Danfent fur l'émail des côteaux.

Ah ! dans ces Prifons ténébreufes
Qu'ornent les chiffres de l'Orgueil,
Où, des Paffions faftueufes,

(*) Seneque a dit : *Sentit tremula linea pifcem.* Je crois avoir rendu cette image : du moins il n'eft pas poffible de la tranfporter dans notre Langue avec la précifion du Latin.

La Grandeur creufe le cercueil ;
C'eft fur l'Aîle de l'Infortune ,
Qu'échappant aux bras de Neptune ,
L'Aurore raméne le Jour :
Ce ne font point des chants paifibles ;
Ce font des fifflemens horribles
Qui manifeftent fon retour.

Effrayé du trait de lumiere
Qui fe brife dans fon réduit ,
L'Avare entr'ouvrant la paupiere ;
S'arrache aux ombres de la Nuit.
Son front, qu'affiége la Vieilleffe
Des noirs frimats de la Trifteffe ,
Sourit à l'éclat de fon or :
Le Feu nuance fon vifage,
Et fa voix retrouve un paffage ;
Pour s'applaudir de fon Tréfor.

Déja le Courtifan frivole ;
Charge d'un Encens impofteur ;
L'Autel où gémit fon Idole
Sous le fardeau de la Grandeur.
Des voiles de la Flatterie ,
Mafquant fon avide furie ,
Il voit, à fes pieds, l'Univers :
Affis fur une Nef mobile ,

C iiij

L'Air gronde, & la Barque fragile
Difparoît dans le fein des Mers.

Du Jour la Coquette étonnée,
Pleure la fuite du Plaifir ;
Sa chevelure abandonnée
S'arrange à la voix du Defir :
Sur l'ébauche de fa figure ,
L'Art, par les mains de l'Impofture,
Décrit les traits de la Beauté ;
Son œil qu'enhardit l'Infolence,
Retrace , avec la pétulance ,
Le befoin de la Volupté.

Au Temple où l'oblique Chicane
Siége fous le Dais de l'Honneur ,
Quel Mortel, de fon rauque organe,
Vend la mercenaire Fureur.
Sous les habits de la Juftice,
C'eft l'infatiable Avarice
Qui dicte fes infâmes Loix ,
Et qui, d'une main inégale ,
Penchant la balance vénale ,
Met l'Or à la place des Droits.

Aux feux de ces Lampes funébres,
Quels Humains confument leurs jours !
L'Aurore éclipfe les Ténébres ;

Les Soins les obfédent toujours.
Les Tragiques. L'un, à l'oubli des noirs abimes,
Arrache les ombres fublimes
Qu'il reproduit dans l'Univers;
Les Comiques. L'autre, par la main de Thalie,
Crayonnant l'humaine Folie,
Fait prendre une ame à nos travers.

Les Lyriques. Cet autre, au Flambeau du Délire
Tout à coup allume fes fens;
Et cédant au feu qui l'infpire,
Nous tranfporte par fes accens.
Heureux, quand leur altiere Idole
Les pare d'un Laurier frivole
Aux yeux de la Poftérité;
Et dans la mémoire des Ages,
Marque leurs pénibles ouvrages
Au fceau de l'Immortalité.

Sémant de fleurs le précipice,
Ainfi, Mortels infortunés,
L'Ambition ou l'Avarice
Tiennent vos efprits fafcinés.
Aux yeux que la Sageffe éclaire,
La Gloire n'eft qu'une chimere;
Le Plaifir fait feul le bonheur.
Sous une forme enchantereffe,

L'Amour se variant sans cesse ;
Remplit seul le vuide du cœur.

Le Soleil qui, de sa Carriere,
Parcourt l'espace lumineux,
Bientôt, dans un autre Hémisphere,
Cachera l'éclat de ses feux.
Ainsi, perdus pour la tendresse,
Vos jours, qu'a comptés la Tristesse,
Périront dans l'obscurité :
Hélas ! dans ce moment funeste,
Trop souvent, Mortels, il ne reste
Que le regret d'avoir été.

La Piéce suivante est moins une Traduction servile du Tasse, qu'une imitation, qui en conservant l'ordre & le fond des choses, n'a pas dû rendre les mots Non verbum reddere verbo *; c'est une régle qui a généralement lieu dans ces sortes d'imitations.*

LE DÉSESPOIR D'ARMIDE, ET LE PARDON DE RENAUD.

Tirés du Chant vingtiéme de la Jérusalem Délivrée du Tasse.

ARMIDE a vû Renaud, à ses traits insensible,
Opposer, à la Mort, un front inaccessible :
Cette foule de Rois qui, jaloux du danger,
Vouerent leur courage au soin de la venger ;
De leurs corps expirans couvrent au loin la terre.
Ce féroce (*) Indien, que la voix de la Guerre,
Des limites du Monde appella sur ces Bords,
Qui juroit d'accabler Renaud sous ses efforts,
Et d'apporter sa tête aux pieds de son Amante,
A Renaud son Vainqueur, tend une main mourante.
Le bouillant Tissapherne, Enfant de la Valeur,
Dont l'Amour alluma l'impétueuse ardeur,

____

(*) Adraste, Roi des Indes, qui promit à Armide la mort de Renaud.

Se débat fous le Glaive, & rougit la poufliere
Du fang qu'avec courroux vomit fon ame altiere.

Armide voit leur mort, & frémit de fureur ;
Le trouble, fur fon front, éclate avec l'horreur.
Sur un Courfier fougueux auffitôt élancée,
Elle fuit des Chrétiens la vengeance abufée ;
Elle fuit en des Champs qu'aux ombres de la Mort,
Semble avoir confacrés l'injuftice du Sort.
De fon Courfier bientôt elle fe précipite ;
Le Défefpoir l'accable, & la Haine l'excite ;
Elle prend fon Carquois, le trempe de fes pleurs,
Le repouffe foudain : » Témoins de mes malheurs,
» Complices de ma honte, à mes defirs rebelles ;
» A fervir mon courroux, Fléches jadis fidelles,
» Fléches, qui n'avez pu feconder mon grand cœur,
» Périflez en ces lieux avec mon déshonneur !
» Quoi ! par le Défefpoir votre pointe acerée,
» Du fang d'un Ennemi ne s'eft point colorée !
» Foible Trait, tu n'as pu, par mon bras décoché,
» fous un Bufte d'airain, atteindre un cœur caché !
» Tu te teindras du moins du vil fang d'une femme ;
» Tu perceras un cœur que mille traits de flamme,
» Hélas ! de part en part ont déja traverfé . . .
» Tu le pourras fans doute... Eh bien, qu'il foit percé
» Ce cœur, ce trifte cœur né pour l'ignominie !
» Il vouloit, par tes coups, frapper la tyrannie !
« Il n'a pu . .. par tes coups il fçaura fe punir !
» Dans ces momens d'horreur, quel affreux fouvenir

» Armide, quelle voix, quels cris ſe font entendre !
» Tu brûles pour ce ſang que tu voulus répandre !
» Cet ingrat que voulut immoler ta fureur,
» Eſt préſent à tes yeux... & bien plus à ton cœur !
» Quoi, tu me ſuis partout, Ombre chere & traitreſſe !
» Que les bras de la Mort étouffent ma tendreſſe !
» Le Fer peut ſeul guérir les tourmens de l'Amour....
» Les guérir ! Que je crains qu'en l'infernal Séjour,
» L'Amour ne ſuive encor mon ame épouvantée,
» Qu'il ne préſente encor à mon ame attriſtée,
» Mon barbare Ennemi, de Mirthes couronné,
» A mes pieds étendu, ſur mon ſein proſterné,
» Brûlant entre mes bras, & pâmé ſur ma bouche...
» Non, fuis, Amour cruel ! qu'un déſeſpoir farouche
» Accompagne mes pas, & me ſuive aux Enfers !
» Qu'il trace à ma fureur, mon ingrat dans les fers,
» A mille autres Beautés prodiguant ſa tendreſſe,
» Leur jurant cette foi.... qu'il me juroit ſans ceſſe....
» Promenant en tous lieux ſon amour incertain,
» Digne de mon courroux & de ma haine enfin !...
» Que mon dépit plûtôt s'empare de ſon ame,
» Que plûtôt dans ſon ſein il réveille ſa flamme !
» Qu'un affreux repentir reproche à ſa fureur,
» La mort, ce prix ſanglant qui paya mon ardeur !
» Qu'il brûle ſans eſpoir pour Armide ſans vie....
» Heureuſe par l'Amour... & par l'Amour trahie....
» Qu'il redemande Armide à la Nature, aux Dieux !
» Que rongé de remords, & conſumé de feux,

» Il meure de fa main, en parjure, en perfide ;

» Et que fon dernier cri rappelle encor Armide !

Elle dit, & foudain faifit avec fureur,

Un Trait, dernier fecours qu'implore fon malheur.

Compagne de la Mort, une pâleur livide,

Etend, fur fes beaux yeux, fon voile parricide ;

Son cœur tremble, palpite à l'afpect du Trépas,

Sa main léve le fer... pouffe... on retient fon bras :...

Elle frémit, regarde... ô défefpoir extrême !

C'eft fon perfide Amant, c'eft Renaud, c'eft lui-même :

Renaud, qui s'élançant à travers les Mourans,

Avoit fuivi fes pas fur la pouffiere errans.

Renaud tient, en fes bras, Armide confondue,

Armide d'efpérance & d'horreur éperdue.

Mille penfers confus fe peignent fur fon front,

L'Amour, l'Efpoir frivole, & le Dépit profond.

Telle on voit une Fleur par la Faulx moiffonnée ,

Sur la terre pencher fa tige condamnée :

Telle Armide mourante, au fein de fon Amant ,

Abandonne fa tête & fon corps expirant.

Renaud voit le Trépas obfcurcir ce vifage,

Où jadis du Plaifir il lifoit le préfage.

Il voit ces yeux éteints, ces yeux voluptueux ,

Arbitres de fon fort en des temps plus heureux ;

Il fe trouble, pâlit, laiffe couler des larmes

Sur un fein dont encore il admire les charmes.

Soudain elle s'anime, & rouvre avec effort,

Ses yeux épouvantés, incertains de leur fort,

Tels les pleurs de l'Aurore épanchés fur la Rofe,
Sémant de perles d'or fa gorge demi-clofe,
De fon calice ouvert rehauffent la beauté.
Garans d'un repentir par l'Amour attefté,
Ces pleurs des fens d'Armide ont rappellé l'ufage :
Trois fois de la tendreffe écoutant le langage,
Elle éleve fes yeux pleins de cette langueur,
Qui femble d'un Amant redemander le cœur ;
Et trois fois le dépit, la honte & la vengeance,
De l'Amour en fon cœur étouffant la puiffance,
Elle baiffe fes yeux enflammés de courroux.
Mais quel bras téméraire a fufpendu fes coups !
Qui preffe fur fon fein la malheureufe Armide !
Qui ! c'eft ce vil Chrétien, ce Guerrier parricide,
Dont les traitres baifers ont fouillé fes appas ;
Impofteur en amour, & cruel aux Combats.
Elle veut s'arracher à fa lâche efpérance,
Elle veut... mais que peut fa foible réfiftance
Contre un Amant aimé, brûlant pour fes attraits,
Qui lit dans fon courroux, l'oubli de fes forfaits !
Elle tombe en fes bras, mêle un ruiffeau de larmes
A ces pleurs de Renaud pour elle pleins de charmes.
Elle rougit d'aimer, le reproche à fon cœur ;
Elle voudroit haïr, & brûle avec fureur.
L'Amour, le Défefpoir fe difputent fon ame,
Mais le Dépit l'emporte : « Ingrat, barbare, infâme !
» Plus cruel mille fois, dans ton lâche retour,
» Que tu ne fus jamais en fuyant mon amour ;

» Je ſçais quel noir projet t'améne aux pieds d'Armide !

» Tu ne viens point lui rendre un cœur .. un cœur perfide.

» Qu'elle n'accepteroit que pour le déchirer...

» Hélas ! Renaud eſt loin .. trop loin de m'implorer...

» Non, tu veux m'enchaîner à ton Char de Victoire !

» Tu veux de ma dépouille en rehauſſer la gloire !

» Traîner à tes côtés Armide dans les fers !

» Etaler en ſpectacle, aux yeux de l'Univers,

» Ton Amante expiant dans l'obſcure baſſeſſe,

» D'un cœur tout plein de toi la coupable foibleſſe !

» Mais, qui brave la Mort, peut braver tous les maux !

» L'affront ne nous ſuit point dans la nuit des tombeaux !

» Mon bras ſeul m'eſt reſté pour ſervir mon courage !

» Et mon bras ſçaura bien m'arracher à l'outrage !

» Il ſçaura bien trancher ces déplorables jours,

» Ces jours qu'hélas je dois à tes honteux ſecours...

» Le fer me ravira ce préſent exécrable

» Que m'a fait ta fureur, & dont le poids m'accable ..

» Qu'autrefois de tes mains j'euſſe aimé recevoir !

» A tes ſoins aujourd'hui je ne veux rien devoir,

» Je ne veux que la mort ; & ſi ta barbarie

» Me donnoit ce trépas qu'implore ma furie,

» J'emporterois encor ce regret aux tombeaux,

» De devoir, à ton bras, le terme de mes maux !

» Prépare maintenant les fers de l'eſclavage,

» va, le trépas partout eſt ouvert au courage !

» La rage du Poiſon, le tranchant de l'Acier,

» Des Serpens Afriquains le venin meurtrier,

Ces

» Ces Gouffres infernaux, ces affreux Précipices ;
» Où la Mort toute entiere étale ses supplices ;
» Les plus cruels tourmens seront trop doux pour moi,
» S'ils m'épargnent l'horreur de plier sous ta Loi.
» Va, porte loin d'ici ces parjures caresses !
» Tes soupirs imposteurs, & tes larmes traitresses
» Importunent Armide, & pésent à son cœur.
Renaud sent, à ces mots, redoubler sa douleur,
Il détourne en tremblant ses yeux trempés de larmes.
» Princesse, lui dit-il, quelles sont vos allarmes !
» Ciel ! qu'ose soupçonner votre injuste courroux,
» Du fidéle Renaud & d'un cœur tout à vous !
» Quoi, je vous trahirois ! quoi mes mains inhumaines
» Pourroient charger vos mains du poids de mille
  » chaînes !
» Le Sceptre les attend, & non d'horribles fers !
» Je jure, sur ce front, aux yeux de l'Univers,
» D'attacher de Damas le sacré Diadême !
» Si, craignant de mon Dieu la Majesté suprême,
» Armide, du Croissant abjurant les erreurs,
» A la Loi des Chrétiens vouloit plier ses mœurs.
» Bientôt ceint sur son front, le Bandeau d'Hymenée
» Feroit voir sa Princesse, à Solime enchaînée.
Ainsi, quand le Printemps tient le Sceptre des Airs,
Ces Rochers qu'a durcis le souffle des Hyvers,
Détachés, par ses feux, du penchant des Montagnes ;
En cristal transparent roulent dans les Campagnes :
Tels du Fils de Bertold la promesse & les pleurs,

D

D'Armide confolée écartent les douleurs:
L'effrayant Défefpoir n'accable plus fon ame;
L'Amour l'entraîne au loin fur fes aîles de flamme;
L'Amour remplit fon cœur. » O momens trop heu-
  » reux !
» L'excès de mon bonheur a paffé tous mes vœux !
» Oui, qu'Armide bientôt par l'Hymen enchaînée,
» A celle de Renaud joigne fa deftinée !
» L'Amour feul eft mon Dieu ! que dis-je, hélas !....
  » c'eft toi !
» Renaud eft le feul Dieu, le Dieu digne de moi !
» Mon efprit à ton culte aveuglément s'engage !
» Ce que Renaud honore eft feul digne d'hommage !

LE VIEILLARD EPICURIEN.

Ode Anacréontique.

MES fens ufés par la Vieilleffe,
Dans les tranfports de ma tendreffe,
Se refufent à mon ardeur :
Deftin, redouble ton outrage,
Je puis aimer malgré ta rage,
Je n'ai befoin que de mon cœur.

O Printemps, ô temps délectable !
Tu n'es qu'une erreur agréable,

Qui se trace à mon souvenir :
Le présent est un doux mensonge ;
Le passé n'est qu'un triste songe,
C'est un rêve que l'avenir.

Laissons la Tristesse ennemie
Sur le cercle étroit de la vie,
Verser ses ennuis, ses chagrins :
Vivons, soyons pleins d'allégresse :
Assis auprès de ma Maîtresse ,
Tous les jours sont pour moi séreins.

Jeunesse imprudente & volage ,
Je ne regrette point votre âge ,
Pourquoi regretter le plaisir !
Ce n'est qu'une ombre mensongere ,
Il fuit , ainsi que la poussiere
Qu'emporte l'aîle du Zéphir.

Oui , le Bonheur est un fantôme !
C'est envain que le cœur de l'homme
Recherche la félicité :
Moi , je vois du même visage ,
Le calme & le bruyant orage :
J'approche de la vérité.

Le plus grand mal c'est l'espérance :
Que la Grandeur ou l'Opulence

Courre après le Char de l'Erreur:
Jouir ,·voilà tout mon partage ,
Et satisfait de son image ,
Je ne cherche point le Bonheur.

E R R A T A.

Page 10. Charmes , *lisez* Charme.
Même page , d'Estrées , *lisez* d'Estrée.

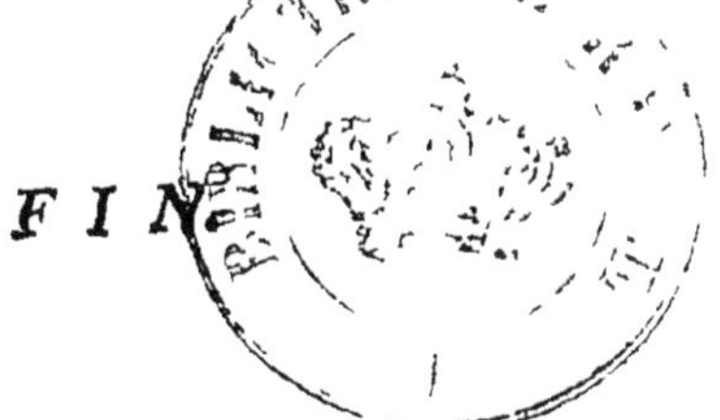

F I N.

9 782014 101010